AF233487

DES-AGRÉMENTS
D'UN
VOYAGE D'AGRÉMENT
PAR
GUSTAVE DORÉ
PARIS
Féchoz & Letouzey, Libraires-Éditeurs, rue des Sts Pères
PRIX 10 francs

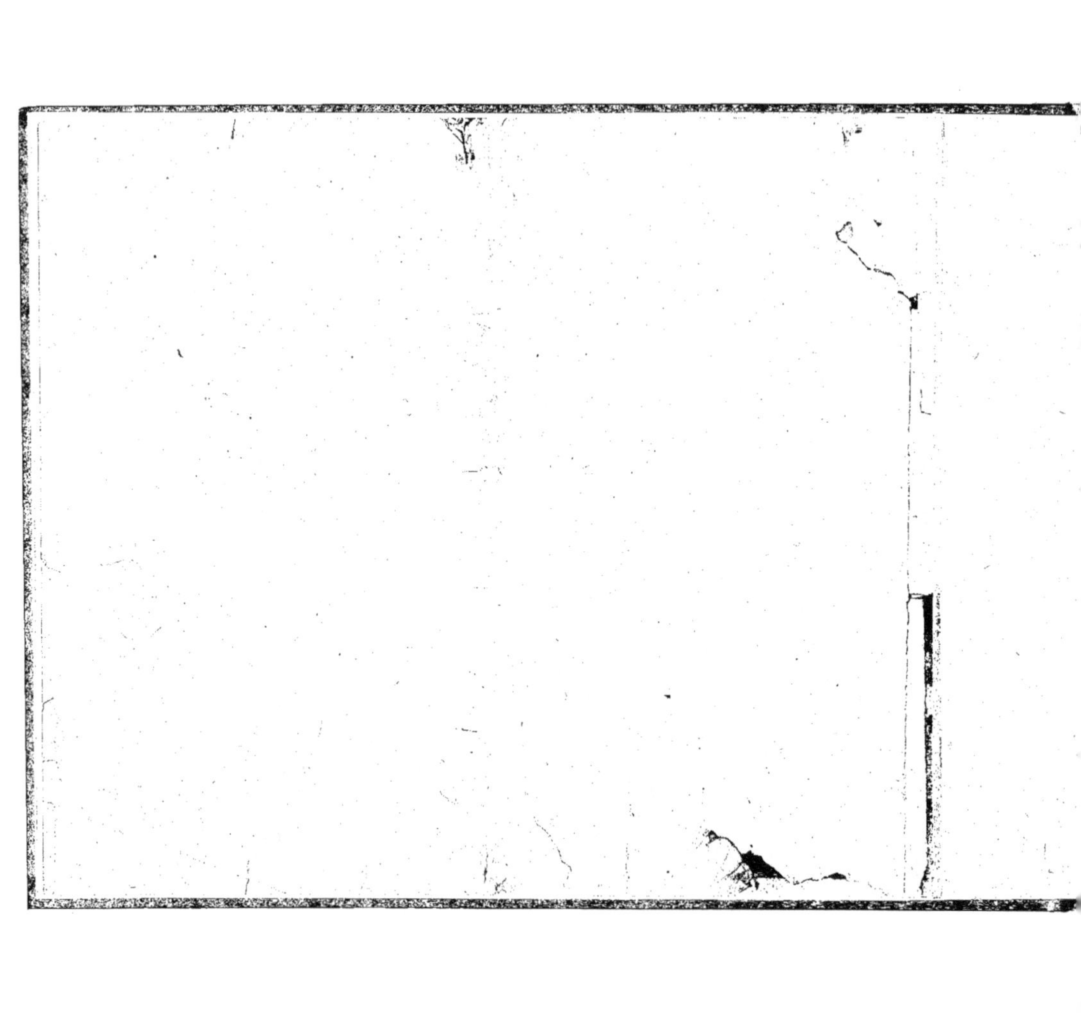

M.r et M.e Plumet, retirés tout récemment de la passementerie, ont conservé de cet art je ne sais quelle poésie vague et rêveuse qui les pousse sans cesse vers les pommiers d'Auteuil.

Voici une tirelire fourrée de vingt ans d'économies. M.r Plumet attend pour la casser une de ces idées lumineuses comme il en vient, dit-on, aux commerçants retirés.

C'était à une représentation de Guillaume Tell. Au moment où M.me Nau entonne l'air de sombres forêts, M.r Plumet, tout inspiré, tout ému, voit ses pensées s'envoler vers un nouvel horizon.

... M.r Plumet, son cœur le précède déjà vers les cimes qu'il rêve...

Ce fut en vain que l'épouse éplorée alla conjurer son mari... L'esprit de l'inflexible Plumet étant déjà bien loin......

Minuit sonnait à St Gervais lorsque la tirelire retentit sous le marteau de M.r Plumet. Vespasie, dit-il fièrement, apprêtez-vous à gagner la grosse Suisse et les glaces de l'ours.

Et pendant toute la nuit, M.me Plumet qui a beaucoup lu se voit tomber dans un abîme sans fond.

Il fallut bien essuyer ses larmes, on fit ses malles et on annonça à Azor qu'il allait faire un long voyage.

1ère impression : C'était par une belle matinée d'Août, le soleil se levait sur la vallée de Maglan. « Jour de ma vie, cette aurore fut pour moi comme celle d'une nouvelle existence et mon cœur rajeuni s'ouvrait comme la fleur dans l'automne . . . . . ah ! ah ! ah !

2e impression. Je dévorai un plat de pommes de terre que l'on me servit à Sallanches.

De retour à l'auberge, ma pauvre épouse demande des consolations à une servante qui pour la rassurer lui raconte tous les malheurs arrivés dans les montagnes d'alentour.

Enfin j'abandonnai ma femme à ses craintes prosaïques, et je gagnai les solitudes prochaines.

Je vis que j'aurais peine à accoutumer Vespasie à la vue des Alpes. Azor lui même tremblait au spectacle des glaces éternelles.

+ (Ô beati nimium agricolæ si sua bona nôrint.)
Ô homme, ne te semble t-il pas toujours que ton cœur bat pour la première fois à la vue de ces splendeurs ?
On voit bien que Monsieur n'a pas l'habitude . . . .

+ Mr Plumet n'est pas fort sur le latin
(Note de l'Éditeur.)

Arrivé à Genève, l'hôtel de l'Écu étant encombré, M.‹ et M.ᵐᵉ Plumet ne sont logés qu'aux **mansardes**. Vespasie se met au lit la première.

M.‹ et M.ᵐᵉ Plumet ayant voulu visiter Genève, sont suivis par les cochers de Chamouny moustics qui ne les quittent pas de tout le jour.

Ils firent tant que M.‹ Plumet ne prit ni l'un, ni l'autre.

Et en cherchant bien, il trouve une concurrence qui le payera s'il veut bien se laisser mener à Chamouny.

Promenade sur le lac par la brise du soir. Le parasol de M.ᵐᵉ Plumet s'étant envolé, M.‹ Plumet croit devoir informer Vespasie qu'elle vient d'assister à une tempête sur le lac.

Imp Lemercier Paris.

Ici, Vespasie et César Plumet choisissent un harnachement de touriste.

De là, Madame Plumet, afin d'être impressionnée par son voyage, achète quelques impressions de voyage.

M.‹ Plumet qui a dessiné un peu, et surtout la broderie achète un album pour y jeter ses impressions — Par un hasard que l'on connaîtra plus tard, cet album fut édité par Aubert avec quelques retouches du célèbre G.ᵗ Doré.   La 1.ᵉʳᵉ page commence ci après.

T. S. V. P.

Et puis je me plaisais à égarer mes pensées dans les élans de l'arve...

Ici j'eus un politique élan.....
Être infini, m'écriai-je, qui animez et embaumez ces déserts de votre souffle créateur par quel secret mystère se fait-il que je me sens si imbibé de vous.....

et aussitôt, je ne sus par quel mystère je fus imbibé de la sorte.....
j'ignorais que les eaux de l'arve avaient chaque soir une crue de 6 pieds.

Ô traîtres élans de l'esprit, sur quels courants jetez vous l'homme....
..... moi, j'aurais préféré le puits de l'astrologue.

Tout à coup je me vis engagé dans la roue d'un moulin......

et le meunier, s'apercevant que la farine ne tombait plus, en conclut que son moulin était arrêté

alors il ôta ce qui gênait le moulin.

Ô sublime meunier, m'écriai je dans le feu de ma reconnaissance, vous ne connaitrez que dans un autre monde, ce que je vous dois pour vos bontés.......

Ce ne sera que 75 f. 50 cent dans ce monde me répondit cet homme qui sans doute, n'était pas sublime

et je m'éloignai de cet asile non sans verser une larme de désillusion.

NOTE DE L'ÉDITEUR

Abusé par une imagination trop brillante, Mr Plumet a construit toute cette fatale histoire, sur un bain de pied qu'il avait pris en glissant sur les graviers de l'arve.

Imp. Lemercier & Cie Paris

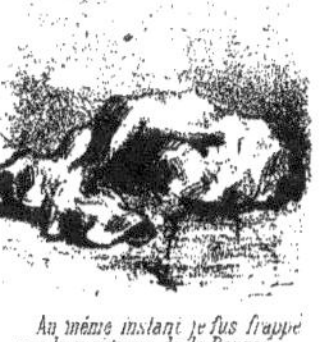

De retour à Sallanches je trouvai Vespasie
noyée d'angoisses, quelques gens simples mais
bons lui faisaient respirer des flacons.

Au même instant je fus frappé
par la maigreur de la Bourse.

C'était là trop sensible et trop généreuse Vespasie qui l'avait épuisée à envoyer des guides
à ma recherche.

Vespasie m'ayant demandé 15 jours de station à Sallanches
pour se remettre de ses angoisses, je projetai l'ascension du
pic de Warens et je pris un guide....

dont je constatai la force, au passage du
premier torrent.

et puis il me demanda la permission de s'y rafraîchir

A quelques pas de là, mon guide appela mon attention sur une des
beautés les plus remarquables de son pays, selon lui, un champ de choux.

A cela on na rien à dire....... et je pris les
devants non sans verser une larme de désillusion.

Je m'arrêtai ébahi devant ces cimes altières:
— Mais, Môssieu me dit enfin le guide fort intrigué, que
regardez vous donc comme cela?

Cependant je m'efforçai de prouver à mon
guide que j'avais le pied montagnard,

mais il me fit observer qu'il n'y avait pas
de temps à perdre pour arriver à la cime.

Là, je rougis d'une certaine timidité à la vue de l'immensité
au dessus de moi, les pics d'Anterne comme un peigne à barbe,
au dessous, Sallanches comme un groupe de punaises de bois,
les lacs, comme des écuelles de lait.
Mon Dieu, faites moi mourir: j'en ai assez vu ..

et aussitôt je mangeai avec appétit le contenu de mon havresac.

En peu de temps nous atteignimes la
région des nuages.

alors un vague délire me fit croire que j'étais un de ces
légers chérubins qui chantent des louanges en courant sur
un fleuve de volupté......

un instant après je me demandai de quel fleuve je sortais

Mais aussitôt, une fatale tourmente se lève et mon guide est enlevé par un coup de vent.

Ô terreur!... que vois-je venir?... un vieil ours qui s'avance vers moi en poussant des sifflets sanguinaires.

Voyant la mort de si près, je m'enhardis jusqu'à penser que j'étais perdu......

Délivrance! délivrance... un aigle survint et enleva l'ours.

et je m'éloignai bien vite de ce lieu d'horreur.

Arrivé plus bas, je demandai mon guide aux échos d'alentour.

Après quelques instants je le revis tenant l'aigle et l'ours avec un sang froid digne de sa race.

NOTE DE L'ÉDITEUR.

Abusé par une imagination ou par une ignorance trop brillante Mʳ Plumet ayant vu une marmotte enlevée par une buse, a construit toute cette fatale histoire.

Lorsque Vespasie fut un peu remise de ses secousses, nous prîmes un attelage de montagnes pour nous rendre à Chamouny...... «—Cocher, pourquoi y a t'il donc tant de mendiants et de crétins dans le pays» — Ah! vous savez M'sieu, on ressemble toujours au pays: quant il est vilain, on est vilain.

Cependant le cocher croyant nous être agréable distribue aux crétins maints coups de fouets; l'un d'eux est enlevé de terre par l'instrument,

ce qui les irrite violemment. Animés par l'esprit de corps, il font pleuvoir sur nous une grêle de pierres

...loin; il y eut qu'il fallut transporter ma femme évanouie au plus voisin châlet, tandis que moi je châtiai cruellement un de ces crétins que j'avais pris sous ma casquette

« Voulà-vous adopté nhous infans »
Refrain des grandes routes en Savoie.

— Voy'vous m'sieu, on est honteux d'être Savoyard
/pays est trop pauv' et trop vilain; on tâchera ben une
fois que l'mont blanc soit terminé pour qu'on y lesse
ces bens tunels

— Cocher, cocher, où donc nous menez-vous?
— Ah! pardon m'sieu c'est que j'ai été cocher à Paris dernièrement et j'croyais encore tourner la rue Belle Chasse.

— As pas peur, madame, as pas peur; ici il est tombé 18 personnes, là il est tombé 3 diligences, là, 36 mulets et leurs dames; as pas peur, madame, as pas peur...........

Plus loin, la voiture entre dans le lit d'un torrent.....
« as pas peur madame, bouge pas, c'est la route....

Enfin madame déclara qu'elle ne passerait par l'eau qu'on lui eut fait un petit pont (à ses frais bien entendu) et la transporta au plus voisin châlet

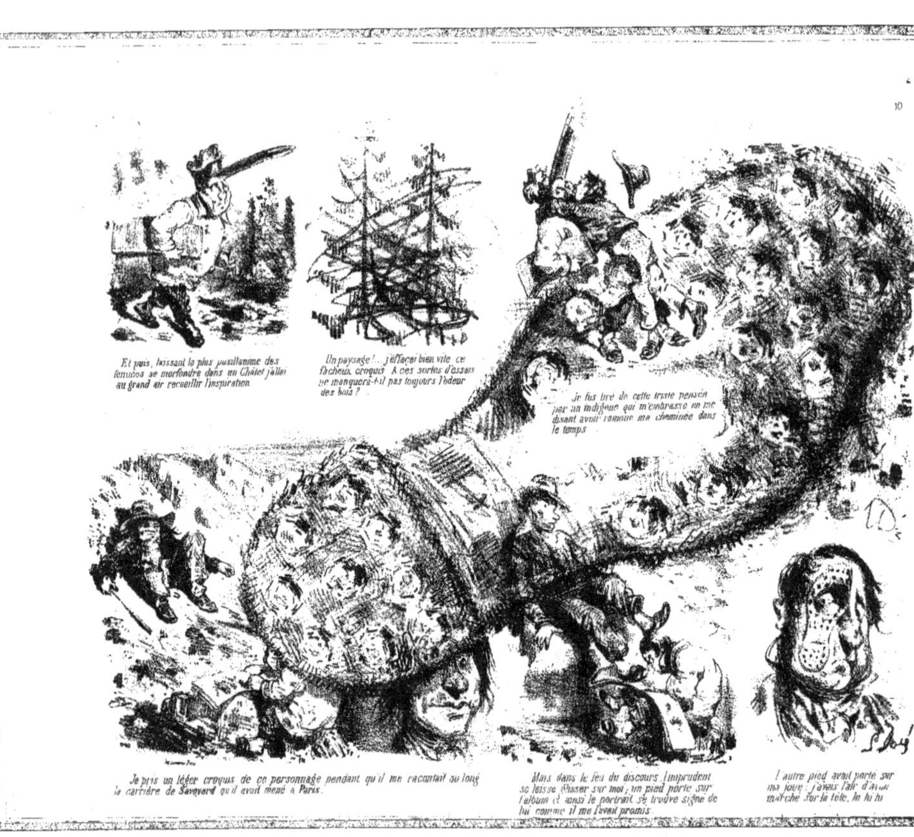

Et puis, laissant la plus pusillanime des femmes se morfondre dans un Chalet j'allai au grand air recueillir l'inspiration.
Un paysage!... j'effaçai bien vite ce fâcheux croquis. A ces sortes d'essais ne manquera-t-il pas toujours l'odeur des bois?
Je fus tiré de cette triste pensée par un indigène qui m'embrassa en me disant avoir ramoné ma cheminée dans le temps.
Je pris un léger croquis de ce personnage pendant qu'il me racontait au long la carrière de Savoyard qu'il avait menée à Paris.
Mais dans le feu du discours l'imprudent se laisse glisser sur moi; un pied porte sur l'album et ainsi le portrait se trouve signé de lui comme il me l'avait promis.
l'autre pied avait porté sur ma joue; j'avais l'air d'avoir marché sur la tête. In hi hi

Cependant, j'allai voir si le pont avançait (Sage réflexion que je me fis) pour peu que ma femme rencontre encore de l'eau que deviendra la bourse

Ah ! M'sieu qu'ça doit être beau vos plaines ; qu'on doit y être vreux !

Bourgeois de S¹ Gervais, on doit aller à cent ans dans un si beau pays oh, comme Mosieu y va.. 98, 99, c'est tout au plus (historique)

désirant cependant me défaire de ma tumeur faciale j'allai consulter une connaisseuse de simples. une rhabilleuse des environs

La jeune fille commença par me frictionner avec des orties.

après cela un cataplasme de fougère Tant de soins ne firent concevoir un goût vague pour ma bienfaitrice

ayant voulu le lui déclarer, je reçus un soufflet qui fit pendant au coup de pied

Mademoiselle pratique sans doute la médecine allopathique repris-je avec esprit hi hi hi

A mon retour, ma femme me demande si je suis timbré. non non, ce ne sont que des impressions de voyage repris-je par un calembourg analogue hi hi hi

César, César me cria ma femme au milieu de la nuit nous sommes perdus j'entends l'avalanche.

j'allai à la fenêtre et ne pus rien dis dinguer sur les cimes d'alentour

hi hi hi c'était le .... qui roulait dans la cheminée en Savoie on ne les ramone jamais (bien entendu)

Néanmoins Vespasie ne put se rassurer, il fallut se lever faire réveillon et passer nuit blanche.

Arrivé en haut de la côte de Servoz, je tombe d'admi-
ration à la vue du Mont-Blanc.

Ayant vu en me retournant Vespasie ourler ses mou-
choirs achetés à Genève, j'en tirai la funeste conclusion
que ma femme n'avait rien de divin dans l'âme.

Cependant mes illusions sur le sexe revinrent à la vue d'une
jeune lady pâle et rêveuse que l'on portait en chaise.

Ô charmes inattendu! en croirai-je mes
oreilles! je m'entends appeler.....aurais-je
plu?

C'était le mari qui avait à me recommander
de marcher par derrière disant que je mas-
quais à sa femme, la vue du Mont-Blanc.

Tandis que je m'éloignai on
vit perler une larme sous mes
longs cils bruns.

Cependant on approchait de plus en plus du
Mont-Blanc et je sentis que c'était le moment ou
jamais d'être inspiré.......

L'inspiration n'arrivant pas, j'avais soin
de me prosterner.

Tant de beautés me firent comprendre
la grandeur de l'existence, et j'entrai à
Chamouny fier d'être homme.

Aussi je dévorai d'un seul coup
deux gigots de mouton et trois
chamois rôtis.

Le soir grande discussion avec Vespasie
sur la passémenterie Genevoise...........

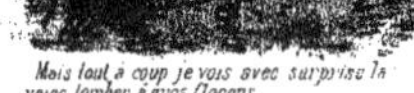

Je laisse encore ma femme à ses terreurs, et je prends un guide pour gravir le célèbre Montenvert

Après le beau temps vient la pluie

et après la pluie le beau temps

et ma casquette toute humide, surprise par la chaleur, se met à friser d'un air coquet

Mais tout à coup je vois avec surprise la neige tomber à gros flocons.

L'instant d'après, un arc-en-ciel vint m'iriser. Vois-tu, cher lecteur, devant ces grands effets, l'art s'efface et s'évapore comme l'arc-en-ciel.

Une minute après, l'orage des monts éclate et l'éclair des Alpes m'enlève la moitié de ma visière......

et tout à coup, une violente sécheresse survint, qui fend le sol à vue d'œil et me hâle le teint

Mais un instant après, l'ouragan déchaîne ses fureurs

à ce terrible temps succède un brouillard léger.

voyant qu'il tombe des hallebardes, je crois prudent de tirer de mon sac mon manteau de caoutchouc

après cela, grande chaleur qui pompe de la terre humide des miasmes fort malsains

Après cela un effroyable tremblement de terre.

et puis après, une splendide aurore boréale

et puis après grêle, neige, pluie, giboulée, grand froid et grande chaleur

Singuliers effets de l'air des Alpes. mon guide grille à côté de moi tandis que je gèle sur place.

Aussi, à peine arrivé à la ferme du Montenvert, je sentis un rhume violent éclater en mai. Du reste je vis bien que je n'étais pas le seul.

Le hasard veut que j'entende des guides se raconter l'ascension du Mont Blanc, je laisse à juger du projet qui entra soudain dans mon âme.

Le Montenvert aurait-il pris son nom de la foule d'amateurs qui y écrivent leurs pensées en vers ? hi hi hi !

En effet, je me sentis aussi d'humeur poétique et je jetai sur le granit ces quelques rimes pleines d'une verve sauvage et incorrecte.

Idées de l'assementerie
Fuyez de ces saints lieux
Mon cœur s'ouvre et sourit
A des astres plus radieux

Je souhaiterais qu'un mal rongeur
Vint me trouver sous ces cieux
Me faire mourir de longueur
Comme les poëtes mes aïeux
Avec un de ces fronts soucieux !...

Montenvert de mon âme
Ecoute mes aveux
N'ai-je pas une femme
D'un cœur étroit
Comme un détroit

Que le vent qui gémit
Le roseau qui soupire
Que le parfum léger
De ton air embaumé
Que tout ce que l'on voit
L'on sent et l'on respire
Tout dise : j'y étais.

Nota : Entraîne par la verve sauvage et incorrecte Mr Plumet n'a pas songé qu'il écrivait là du Lamartine avec variations.

Que servent tant de larmes, ô trop sensible Vespasie n'était-il pas écrit là haut que je gravirais le colosse.

Le soir, grande discussion au clair de lune sur la passementerie Genevoise.

Guides, leur disait ma femme le matin du départ avec bien soin de César : il est si faible, si fluet, il prend si vite le rhume .... En vérité, je rougissais de sa faiblesse !

A peine étais-je parti que cette épouse dévouée me suivait d'un œil inquiet sur le balcon de l'Hôtel.

D'abord Vespasie fut très longue à mettre sa lunette au point

Et quand sa lunette fut au point elle ne retrouva que nos traces dans la neige.

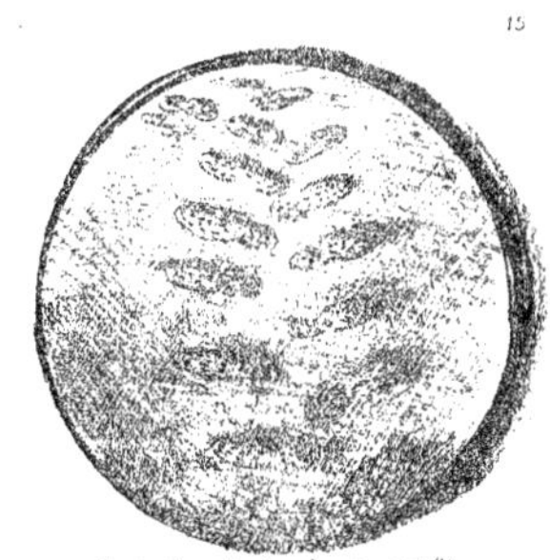

Un instant après elle vit que la montée avait été plus rapide

Et plus loin, encore plus rapide, le pied glissait à chaque pas.

Ici la pente devenait terrible il fallait s'aider des mains.

Et par suite de la figure, car nous tombions à chaque pas

Las de tant de fatigues, nous nous assîmes dans la neige pour casser une petite croûte

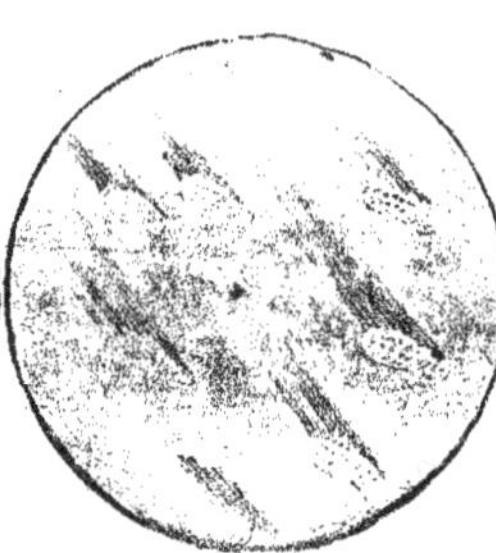

Mais lorsque nous voulûmes nous remettre en marche, ce repos nous avait tellement alourdis, qu'au lieu d'avancer nous reculions

Si bien que le pied nous manqua et nous allâmes nous abîmer dans une crevasse masquée par la neige.
Je laisse à juger des angoisses de Vespasie qui nous voyait dans sa lorgnette

Tandis que ma pauvre femme attendait la suite de cet accident un fâcheux moucheron vint se poser au bout de la lorgnette et l'empêcha de nous voir

Et quand il plut à ce moucheron de se retirer, la nuit était tombée et Vespasie ne vit plus rien

Seulement le lendemain matin elle comprit que nous n'étions pas morts car elle vit les restes d'un feu que nous avions fait pendant la nuit

Sur ce, ma femme me vit dans se lorgnette
perdre ma montre; ô douleur, sans pouvoir me
le dire......

Arrivés à la cime du Mont Blanc nous
étions si loin, que la lorgnette n'avait plus
la puissance de rapprocher.

Alors on opéra la descente en se laissant
glisser le long des neiges.

Mais nous n'avions pas prévu qu'en roulant
nous ramasserions là neige......

De sorte qu'arrivé en bas, il nous fallut
attendre que le soleil vint nous fondre.

Douleur de Vespasie en
me revoyant.

Couronné par le Maire de
Chamouny je me voyais aller
à la postérité.

Le soir grande discussion avec Vespasie sur
la passementerie Genévoise.

Au moment où nous entrons en Suisse, une forte détonation surprend nos nerfs endormis par le trot du mulet

Une demi-heure après nous apprenons que c'est pour nous que l'on a tiré le canon...

Voici deux petits Suisses, qui prétendent avoir, depuis deux heures, poussé des **la la hoû hou** à notre enseigne...

Deux tyroliens qui se battent ! César, me crie Vespasie consternée, défends moi......

Un instant après nous apprenons que la lutte est l'industrie du pays et qu'alors

Autre industrie :.... chaque gamin bâtit une porte sur le chemin pour qu'on le lui laisse ouvrir......

M'sieu c'est moi qui ai jeté des pierres dans le creux là bas pour vous faire voir quel bruit ça fait!

une autre fois je ferai mes prix d'avance voici une petite qui vous dit francs de son verre de lait!

Heureux berger, que ne puis-je garder tes chèvres ! si M'sieu m'donnait 80 francs.........

Ce soir là une beauté cherlandoise laissa tomber
sur moi son bland regard... ce souvenir restera
toujours gravé dans mon cœur.

Et puis je songeai à me rendre un compte exact de mes dépenses quotidiennes.

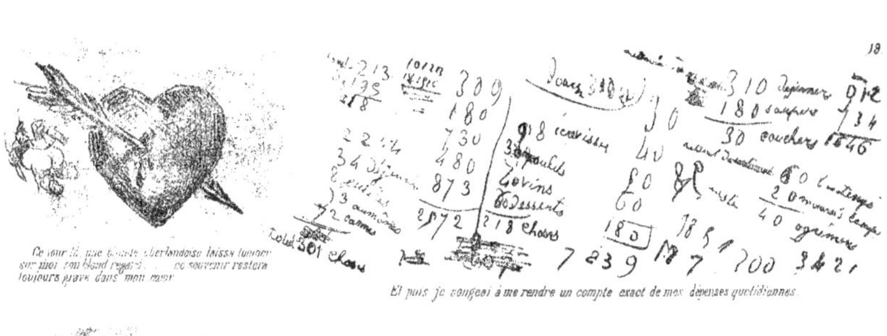

O douce nuit du 29 Août, combien je te regrette ! mes vagues rêveries avaient porté mes pas sur
le sommet des noirs sapins, et les cimes tremblantes de ces arbres rêveurs renvoyaient à la
lune de douces mélodies.

Le soir grande discussion avec Vespasie
sur la passementerie Genèvoise.

La nuit a été bien triste. Ce pauvre À...
n'a cessé de se plaindre. Sèche tes larmes,
lui disait Vespasie, tu reverras bientôt Paris
et ses splendeurs...........

Enfin je pénètre dans ce bienheureux Oberland Bernois, cet Eden de la vie pastorale où tout enchante, tout réjouit, tout croît, tout verdoie, tout pousse, tout sent, tout gonfle, tout engraisse, tout sourit, tout aime, tout dit: la la hou hou.

Mon imagination étant fort usée pour la planche ci-dessus, je ne sais que mettre à cet endroit.

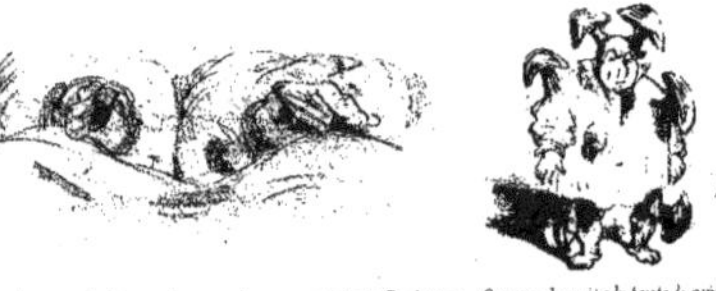

Le soir grande discussion sur la passementerie Genévoise   Comme il avait plu toute la nuit dans le Chalet je me réveillai tout humide.

Tandis que je dessinais l'intérieur pittoresque de ce châlet, une tendre vache vint par derrière moi et lécha mon dessin

Fleur sechée ... qui n'a de vrai sens que pour moi
Un jour, je l'arrosai d'une larme

Des Myosotis et une Marguerite effeuillée ... par moi. Je refuse de m'expliquer d'avantage sur cette douloureuse histoire. Larmes parlez à ma place.

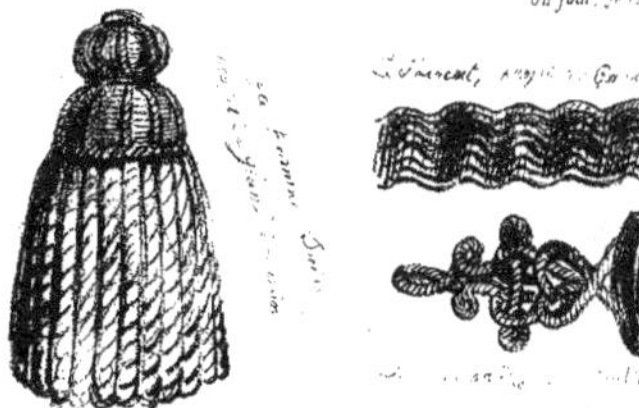

Quelques reminiscences et essais de Passementerie inspirés par la nature alpestre

— Guide! que veut donc dire cette agitation, cet émoi? qu'est-ce donc que ces allées et venues en tous sens... — Comment, M'sieu, vous ignorez donc que le célèbre Gustave Doré est dans les environs, et qu'alors...

Guidé par la voix secrète de la gloire, je trouvai le protégé de celle-ci dans un bas-fond sauvage... — Mossieu et ami, lui dis-je enfin de l'accent le plus aimable, votre génie comique s'étend donc jusqu'à caricaturer le paysage.

A cet apostrophe que j'avais cru flatteur, ce fils de la gloire s'offusqua... — Dieu! que ces célébrités de Paris pâlissent à être vues de près.

Je me trompais: ce jeune homme est doué d'un excellent cœur et d'une rare poésie... Le soir il vit mon album et en fut si touché, qu'il me conseilla de le publier chez Aubert à mon retour... ce que je ferai.

Le soir, grande discussion au clair de lune sur la passementerie Genevoise.

Un soir que tout le monde était couché, j'aperçois dans un retrait de l'hôtel plusieurs femmes (leurs bas étaient bleus) occupées à je ne sais quel travail qui me semblait bien pénible. Au spectacle de leurs souffrances, je me pris à apprécier pour la 1ère fois la poétique sérénité de Vespasie.

Mais vers la fin de la saison, mes fiers et sauvages déserts vinrent à se peupler d'une odieuse manière: cruel spectacle ! dis-je à Vespasie, tandis qu'une larme perlait sur mes longs cils bruns; partons, partons,

Ce voyage m'avait rajeuni . . . . j'avais perdu cette graisse signe précurseur d'une vieil-lesse impotente.

De retour à Paris M.ᵉ César Plumet poursuit ses
amis du récit de ses exploits.

M.ᵉ César Plumet va toucher
quelques vieilles quittances.

M.ᵉ César Plumet s'étant mis à porter des moustaches et
un chapeau à la Tyrolienne, informe Madame Plumet qu'il
ne peut plus sentir Paris.

Indigné de ce que Aubert a publié son Album sous titre de caricatures,
M.ᵉ Plumet répare l'affront en le peignant au sérieux sur des verres de lanterne
magique. 900.ᵉ représentation de son voyage à ses amis et connaissances

Et la progéniture Plumet se distingua dit-on,
d'abord par son singulier costume et plus tard
par la passementerie.

Et pendant tout le reste de sa
vie, M.ᵉ Plumet recherche tout ce
qui pouvait lui rappeler ses Alpes

MORALE.

Quoique ce livre ne soit pas une fable, ou peut en déduire une
morale d'une éternelle vérité.

1.° Que lorsqu'on a 50 ans d'âge, 20 ans de passementerie, et
un ventre naissant, il faut chercher l'agrément ailleurs qu'en Suisse
  Excepté dans le cas ou l'on aurait fait ce voyage étant tout jeune;
à moins, cependant, que l'on n'ait pas 50 ans d'âge, 20 ans de passe
menterie et un ventre naissant.

2.° Que, lorsqu'on a 50 ans d'âge et 20 ans de passementerie il
est bon de se trouver aussi panade que sa femme; ce que M.ᵉ Plumet
n'a pas assez compris.

3.° Que les chiens sont gênants en voyage.

4.° Que les Alpes ont été, sont, et seront toujours la plus belle
chose qui soit au monde.

5.° Que les Albums de Gustave Doré, tendront toujours à em-
bellir la nature et la triste réalité